Garfield County Libraries
Parachute Branch Library
244 Grand Valley Way
Parachute, CO 81635
(970) 285-9870 • Fax (970) 285-7477
www.GCPLD.org

Puedes consultar nuestro catálogo en www.picarona.net

EL INGENIO DE LAS HADAS
Texto: *Judit Pérez*
Ilustraciones: *Gemma Font*

1.ª edición: abril de 2018

Maquetación: *Isabel Estrada*
Corrección: *M.ª Ángeles Olivera*

Edita: Picarona, sello infantil de Ediciones Obelisco, S. L.
Collita, 23-25. Pol. Ind. Molí de la Bastida
08191 Rubí - Barcelona - España
Tel. 93 309 85 25 - Fax 93 309 85 23
E-mail: picarona@picarona.net

ISBN: 978-84-9145-162-4
Depósito Legal: B-4.632-2018

Printed in Spain

Impreso en SAGRAFIC
Passatge Carsí, 6
08025 - Barcelona

El ingenio
de las
hadas

Judit Pérez   Gemma Font

Picarona

Esta historia sucedió en un país muy lejano, el País de las Hadas.

El País de las Hadas es similar al nuestro en muchos aspectos, ya que las hadas, como vosotros, también van a la escuela.

Pero empecemos con nuestro cuento. Había una vez, en ese país, tres haditas que eran amigas y que iban juntas a la escuela de las hadas.

Se llamaban Rosita, Azulina y Mandarina.

Rosita siempre iba con un vestido rosa y a menudo adornaba su cabello con flores.

Azulina llevaba un vestido en diferentes tonos azules. Le encantaban los lacitos, que se ponía por todas partes y adoraba hacerse trenzas en el pelo.

Mandarina llevaba vestidos de color naranja
y le gustaban mucho los corazones. Tenía
un pelo rizado y rebelde que luchaba
por salir del gorro.

Todas las hadas llevaban su varita:
Rosita una varita rosa,
Azulina una varita azul y
Mandarina una varita naranja.

Cada día, al salir de la escuela de
hadas, a nuestras amigas les gustaba ir
a jugar al bosque de las hadas, que
se encontraba justo al otro lado de
la colina en la que se hallaba
la escuela.

Adoraban esconderse en un prado
de flores blancas. Cuando
llegaban allí, merendaban
y, con sus varitas, hacían
un dibujo en el prado.

Cuando la varita tocaba
las flores, éstas se volvían
del color de la varita, y, así,
cada día, una de las hadas
elegía qué dibujo quería hacer,
y entre todas lo pintaban.

En cuanto llegaba la noche y salía la luna, con su luz blanca, se rompía el hechizo de las hadas, las flores perdían su color y se volvían de nuevo blancas. Así que las hadas siempre encontraban el prado con las flores blancas, a punto para poder dibujar de nuevo, y esto las divertía un montón.

Pero una tarde en que las hadas fueron
a su prado favorito, Rosita comenzó a llorar.

—¡Buaaaaa!

—Pero Rosita, ¿qué te pasa? —preguntó Azulina.

—Pues que hoy quiero hacer un dibujo muy
complicado y en una tarde no vamos a tener
tiempo de hacerlo. ¡Buaaaaa!

—No te preocupes —añadió Mandarina—.
Nos sentaremos las tres un ratito a pensar
y encontraremos la solución.

Y así lo hicieron. Las tres se sentaron en una esquina del prado y cada una iba pensando en voz alta:

—Está claro que como quiero hacer un dibujo más complicado, en una tarde no nos va a dar tiempo.
–dijo Rosita.

—Vaya, con la luz blanca de la luna, se rompe nuestro hechizo y las flores se vuelven blancas de nuevo
—añadió Azulina.

—Nuestro hechizo tendría que durar más de un día.
–repuso Mandarina.

¡YA LO TENEMOS! Las tres hadas volaron al unísono, se abrazaron con fuerza y comenzaron a reír porque a las tres se les había ocurrido la misma idea.

Se fueron corriendo a sus casas y en un instante ya habían regresado, cargadas con unas sábanas viejas que habían encontrado por casa

Enseguida se pusieron manos a la obra. Rosita no quería pintar muchas flores del mismo color, sino que ella misma deseaba pintar cada pétalo de cada una de las flores de un color diferente para después poder ver el resultado.

Como esa tarde sólo pudieron hacer una pequeña parte del dibujo, después, con una sábana, taparon las flores que habían pintado y se marcharon.

Al día siguiente comprobaron que su invento había funcionado, porque las flores que estaban cubiertas por la sábana no se habían vuelto blancas, lo que les permitió continuar con su dibujo algunas tardes más. Y así, cada día iban tapando con las sábanas todas las flores que iban pintando.

Cuando acabaron su dibujo, hicieron muchas fotos al prado y volaron por encima para ver el resultado desde el aire. ¡Era espectacular! Las haditas estaban muy contentas de haber podido terminar ese mosaico de flores tan bonito.

Pero la tarde llegaba a su fin y nuestras amigas estaban a punto de marcharse como cada día, de manera que doblaron las sábanas y se las llevaron a casa.

Y por la noche, la luz blanca de la luna volvió a romper el hechizo, y el prado, una vez más, volvió a ser blanco.

Al día siguiente, como cada tarde, las hadas se acercaron a su prado favorito, merendaron y pensaron en cuál iba a ser su siguiente dibujo. Habían descubierto un truco para que su hechizo durara más y así poder hacer dibujos más complicados.

Y con varitas y un brocado, nuestras hadas han triunfado.